INHALT

KAPITEL 27: ZWISCHEN DEN KIEFERN

5

6

A...

ABER...

CU...
CUER-
VO...

...

DENK
EINFACH
NICHT
DRAN!

WIR
KÖNNEN
DA NICHTS
UNTER-
NEHMEN!

DIESE
SCHLACHT
KANN KASCHE
NUR ALLEINE
SCHLAGEN!

CRACKLE

CRACKLE

CRACKLE

CRACKLE

CRACKLE
CRACKLE

DA ERRICHTET DOCH JEMAND EIN MAGISCHES FELD!

SIEHT BÖSE AUS...

ODER ERLEDIGEN WIR DEN BESCHWÖRER DER BIESTER ZUERST?

WERDEN WIR ALS ERSTES FALLEN?

DER KAMPF BE-GINNT!!

MIR GE-FÄLLT'S!

JETZT MACHT DIE SACHE LANGSAM RICHTIG SPASS!!

...

WIE...?

NASTA, DU BIST KASCHE GANZ SCHÖN ÄHNLICH.

ALSO, SEIT KURZEM JEDEN-FALLS...

12

IHR TUT, WAS ZU TUN IST! IN JEDEM FALL!

KASCHE UND DU...

SELBST WENN MAN BEI DER LAGE DURCHDREHEN ODER SICH IN DIE HOSEN MACHEN KÖNNTE...

GLAUBST DU, DASS KASCHE DEN DRACHEN BEFREIEN KANN?

...

WETTEN WÜRDE ICH JEDENFALLS NICHT DRAUF!

NA JA...

... NIMMT MAN DIE WETTE GERNE AN. DA BEREUT MAN ES HINTERHER WENIGSTENS NICHT!

WENN ES UM EINE WIE SIE GEHT...

ABER NUN...

SPIT

POMM

POMM

ES BLEIBEN
NOCH ZEHN
MINUTEN...

ES BLEIBEN
NOCH ZEHN
MINUTEN...

ES BLEIBEN
NOCH ZEHN
MINUTEN...

POMM

DAS GEFÜHL, VERLOREN ZU SEIN. DIE GEWISSHEIT, DASS NIEMAND DICH RETTEN KANN...

ALL DAS BIN ICH!

DAS BIN ICH!

SCHWER IST ES, DIE SCHMERZEN ZU ERTRAGEN UND ETWAS AUF EWIG ZU VERLIEREN.

KAPITEL 28: DER NAME DER DINGE

FINSTERE NÄCHTE, DIE NICHT VORÜBER-GEHEN...

ALB-TRÄUME, DIE NICHT ZU ENDE GEHEN...

DIE MENSCHEN BEMERKEN MICH ERST, WENN SIE ZWISCHEN MEINEN KIEFERN STECKEN!!

ICH EXISTIERE NICHT IN DER WELT DER SYMBOLE UND ZAHLEN!

ALL DAS BIN ICH!

28

30

KAPITEL 29: VERSCHLINGENDE WAFFE

54

TOSH

RUAAAAAAA

ALLES BAUT SICH WIEDER AUF!!

EIN HOLY ELEMENTAL KANN DINGE AUS DER ERINNERUNG ZURÜCK-HOLEN.

BOFF

BOFF

BOFF

BOFF

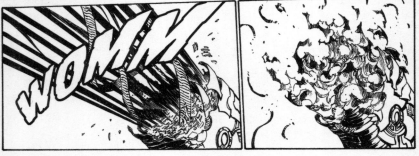

WOMMM

ROAAAAAR

KAPITEL 30:
BEFREIUNG

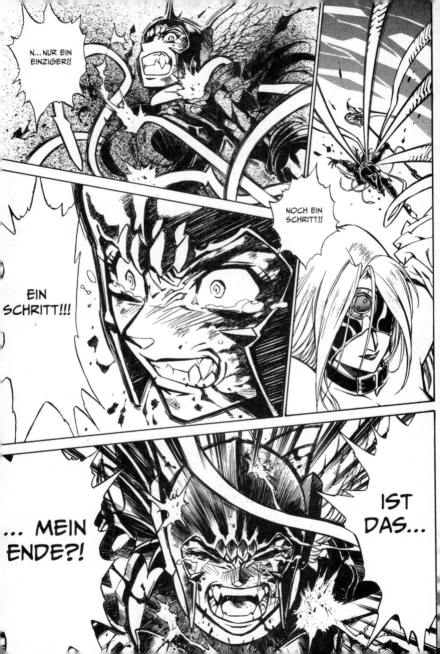

GROAR

DEIN ENDE,
MÄDCHEN?
DANN...

ZOOSH

!!

... BIN ICH
FREI!!

ROOAARR

... KEINE
FREUNDE!!

HIER
GIBT
ES...

HOHER DRACHE! ICH KENNE NUN DEINEN WAHREN NAMEN!

HA-HA-HA-HA!

ZU SPÄT!

!

GE-HOR-CHE MIR!!

VIBAL!!

KAPITEL 31: BLITZLICHT

KASCHE HAT IHREN GEIST MIT DEM DRACHEN VERBUNDEN!

J... JA, GENAU!

ODER?

WIR HABEN ES GE-SCHAFFT!

DACHTE ICH MIR SCHON, DASS DER EINEN IM STICH LÄSST, WENN'S BRENZLIG WIRD.

ALSO DOCH?

ABER SO SCHLECHT LÄUFT ES HIER JA GAR NICHT.

KNAPP WAR'S JA...

MMH...

UND ICH DACHTE SCHON, ICH MACH MICH LIEBER AUS DEM STAUB!

SO, ALS WÜRDE DIR GIFT DURCH DIE ADERN FLIESSEN...

KASCHE...

DU HAST EIN WESEN AUS DER WELT DES DÄMONISCHEN BESCHWOREN, ODER?!

UM DEINEN GEIST NICHT DEM DÄMONISCHEN ZU ÜBERLASSEN...

UM DICH ZU SCHÜTZEN...

... HAST DU ES DEINE LEBENSKRAFT AUFBRAUCHEN LASSEN, ODER?!

HAST DU DAS ALLES UNBEWUSST GETAN?!

ACH WIRK-LICH...?

KEIN WUNDER, DASS SICH KÖRPER UND GEIST SO SCHWER ANFÜHLEN...

DIE AMEISEN HABEN JA RICHTIG SCHISS!!

SO EIN DRACHE, DER JAHRELANG UNTER FREMDER KONTROLLE STAND, DÜRFTE JA AUCH EINE MORDSWUT IM BAUCH HABEN...

TJA...

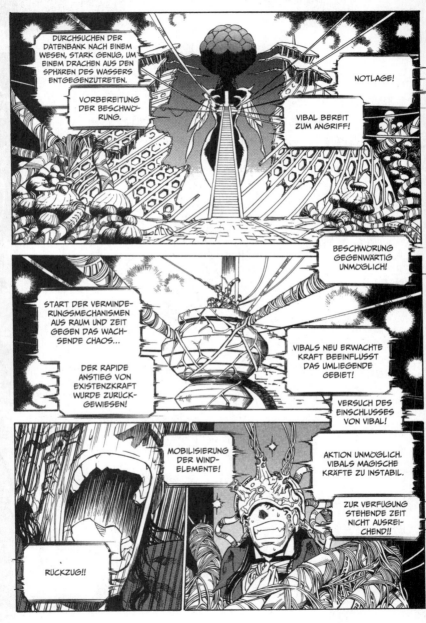

DURCHSUCHEN DER DATENBANK NACH EINEM WESEN, STARK GENUG, UM EINEM DRACHEN AUS DEN SPHÄREN DES WASSERS ENTGEGENZUTRETEN.

VORBEREITUNG DER BESCHWÖRUNG.

NOTLAGE!

VIBAL BEREIT ZUM ANGRIFF!

BESCHWÖRUNG GEGENWÄRTIG UNMÖGLICH!

START DER VERMINDERUNGSMECHANISMEN AUS RAUM UND ZEIT GEGEN DAS WACHSENDE CHAOS...

DER RAPIDE ANSTIEG VON EXISTENZKRAFT WURDE ZURÜCKGEWIESEN!

VIBALS NEU ERWACHTE KRAFT BEEINFLUSST DAS UMLIEGENDE GEBIET!

VERSUCH DES EINSCHLUSSES VON VIBAL!

MOBILISIERUNG DER WINDELEMENTE!

AKTION UNMÖGLICH. VIBALS MAGISCHE KRÄFTE ZU INSTABIL.

ZUR VERFÜGUNG STEHENDE ZEIT NICHT AUSREICHEND!!

RÜCKZUG!!

106

WAS HAT SIE VOR?! KASCHE?!

DA...DAS BIN ICH NICHT...

VIBAL HAT MICH ERWÄHLT...

ABER SIE...

... IST KEIN WESEN, DAS VON EINEM MENSCHEN KONTROLLIERT WERDEN KANN!

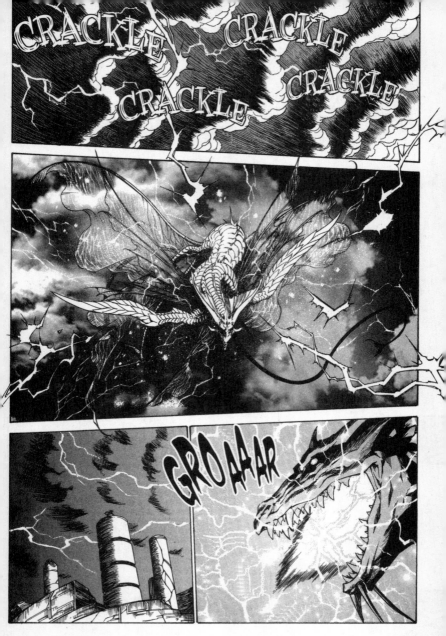

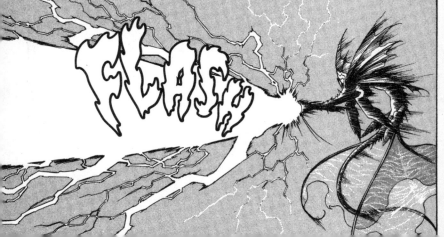

114

KAPITEL 32: DER UNTERGANG
DER SPIRALINSEL

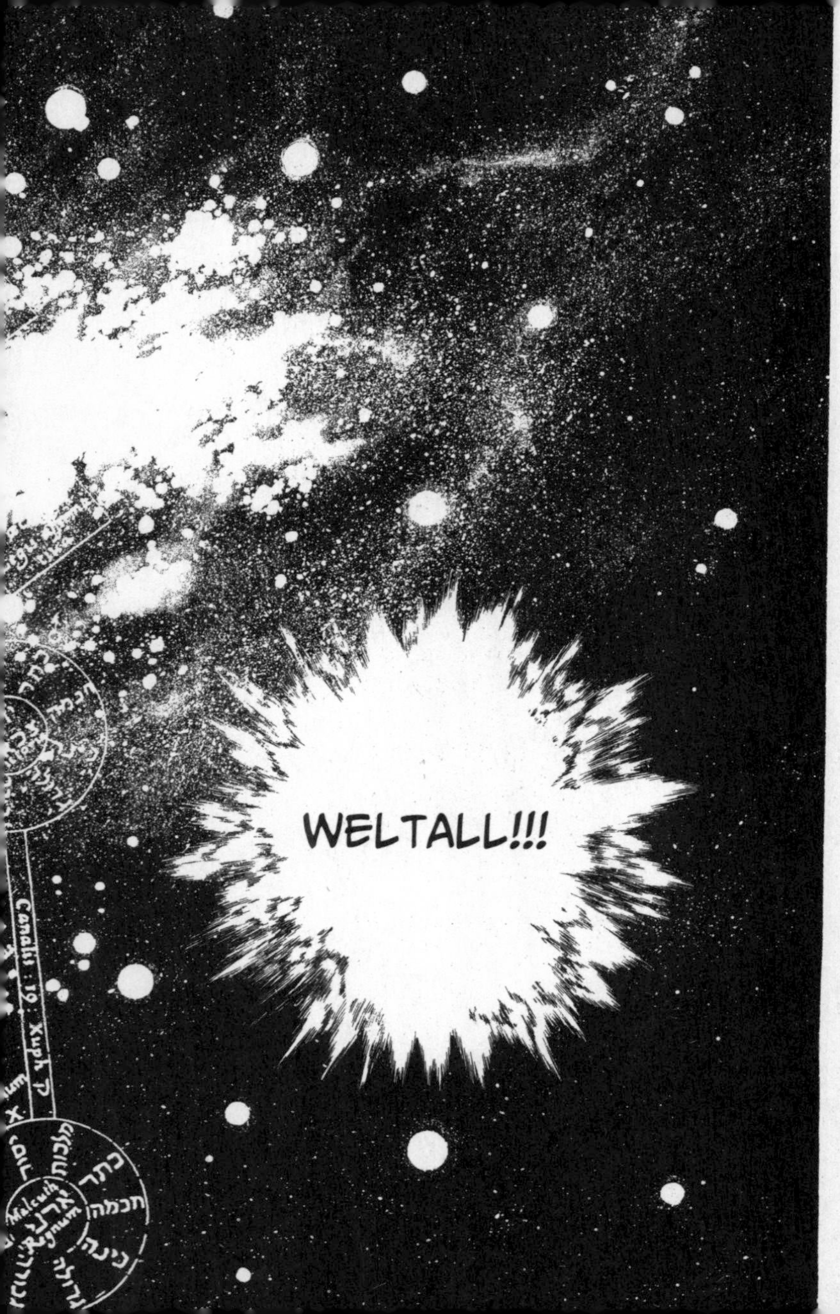
WELTALL!!!

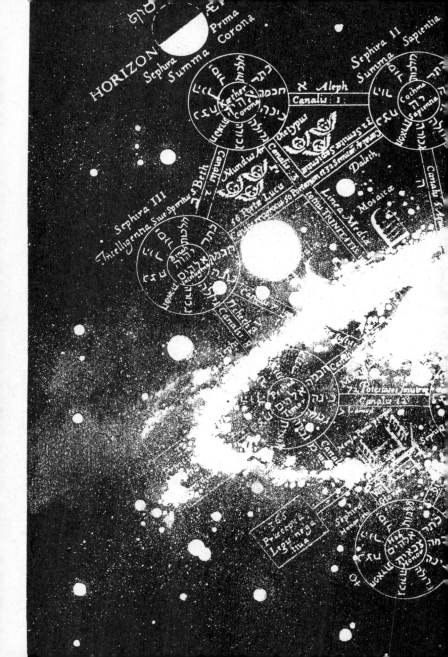

ALL DIES DARF NICHT EXISTIEREN!

ZUMINDEST FÜR DIE GEGENWÄRTIGE MENSCHHEIT WÜRDE ES NUR DEN SCHNELLEN UNTERGANG BEDEUTEN!

HISSSSSSS

WEISHEIT BEDARF DER ERFAHRUNG. UND ERFAHRUNG BEDARF DER ZEIT.

LOSCH.

RUMBLE

IHR MENSCHEN SAGT DAS DOCH AUCH...

»KEIN DIREKTER WEG FÜHRT ZUR WEISHEIT«!

132

HUHUHU...

SHH
SHH

ABER WARUM BIN ICH DANN SO AUFGE-WÜHLT?

ES IST ENT-SCHIEDEN...

GRROAAAR

DAS KANN NICHT SEIN...

IST ES MEINE LOYALI-TÄT ZU MARQUIS DURAN?

DAS WÄRE SO... MENSCH-LICH!

ODER IST ES HASS AUF KASCHE ARBADEL?

SPLOSH

137

WLAMM

NAST...
NASTA-
SCHA...

NA...

...

SAG
DOCH
WAS!

NASTA-
SCHA!
WACH
AUF!

HALLO?

142

DIE ENZYKLOPÄDIE VERUM, DIE DAS GESAMTE WISSEN DER MENSCHHEIT IN SICH TRÄGT...

WIE DIE MENSCHEN DAMIT UMGEHEN...

ICH WOLLTE ES SEHEN...

HU... HUHUHU...

ER KANN MIT SEINEN GEDANKEN EINEN SOLCHEN DRUCK AUSÜBEN?

DANN IST ER KEIN MENSCH...?

... WENN SIE ERST EINMAL WIEDER IN DER WELT DER MENSCHEN IN BETRIEB WÄRE?

WÜRDEN DIE MENSCHEN DENSELBEN WEG GEHEN WIE IN DEN TAGEN DES ALTEN REICHES? ODER WÜRDEN SIE...

... WOLL-TE ICH DAS ENDE DER MENSCH-HEIT...

... ODER IHREN HÖHEPUNKT SEHEN!

HAAAH...

BEVOR DAS LETZTE MENSCHLICHE IN MIR AB-STIRBT...

HAAAH...

143

LETZTES KAPITEL: HEIMKEHR

DU DARFST EINFACH NICHT...

BITTE! DU DARFST NICHT STERBEN!

NASTASCHA...

JETZT MACH DIR DOCH KEINE SELBST-VORWÜRFE, KASCHE!

DU KANNST DOCH NICHT DIE VERANT-WORTUNG FÜR ALLES ÜBEL AUF DICH NEHMEN!

ALLES, WAS ICH KANN, IST FREMDE LEBEN ALS WERKZEUG EINZU-SETZEN!!

ICH BIN SO NUTZ-LOS!!

SIE ATMET NOCH!

ABER WIR KÖNNEN GAR NICHTS FÜR SIE TUN!

... DAS HAT SICH NASTA SELBER AUS-GESUCHT!

MIT DIR AUF DIESE REISE ZU GEHEN...

... UND DICH ZU BESCHÜTZEN...

HISSS

GE-
HEILTE
RIPPEN

GE-
HEILTE
SCHUL-
TERN

FREUST DU
DICH NUN
ODER TUT
ES DIR NUR
WEH?

UUUUUH...

VIBAL...
WIE SOLLEN
WIR DIR NUR
DANKEN?

... BIST DU ES, DIE IN GEWISSER WEISE IN EINER GEFÄHRLICHEN LAGE STECKT.

MEHR NOCH ALS DIE KLEINE LAMIA, DIE STARKE SELBSTHEILUNGSKRÄFTE HAT...

ICH SAG DIR WAS, KASCHE ARBADEL...

... DRINGT DIE DUNKLE ENERGIE TIEF IN DICH EIN.

DIE SCHWARZEN WUNDEN, DIE EINEM EIN HOHES DÄMONISCHES WESEN ZUFÜGT, HEILEN NICHT.

UND DORT...

DU HAST SCHON DEN ERSTEN SCHRITT IN EINE ANDERE WELT GETAN.

MERKE DIR...

VERMUTLICH WERDEN DIESE WUNDEN NIE VOLLSTÄNDIG HEILEN...

157

GING DAS NICHT EBEN NOCH GANZ ANDERS?

UM SICH SELBST IST SIE NIE BE- SORGT...

IN MEINEM GESCHÄFT GEHT'S HALT NICHT OHNE!

WAS SOLL'S!

DIE PAAR KRATZER AN KÖR- PER UND GEIST...

ICH BIN VOR ALLEM FROH, DASS WIR NOCH AM LEBEN SIND!!

WIE AUCH IMMER...

MMH...

ECHSEN- MANN, ICH DANKE DIR!

SOLL- TEST DU AUCH!

DU, DER DU DAS GLEICHE BLUT IN DIR TRÄGST WIE ICH...

RICHTIG...

158

IMMER DIESE ALB-TRÄUME, DIE MICH HEIMGESUCHT HABEN...

DAMIT WERDE NUN AUCH ICH ENDLICH MEINEN FRIEDEN FINDEN.

IN WELCHER GESTALT TRITT SIE EUCH VOR AUGEN?

DIE VERKÖRPERUNG MEINES BEWUSSTSEINS...

ICH HÄTTE DA NOCH EINE FRAGE.

UHM...

HOHO!

HO!

ICH SEHE EINE WUNDERSCHÖNE FRAU...!

FÜR MICH...

...SIEHST DU AUS WIE EINE URALTE OMA...

SCHÖN WIE EINE GÖTTIN!

HÄÄÄÄ?!!

WIR WERDEN UNS WIEDERSEHEN, WENN DU MEINER KRÄFTE WIRKLICH BEDARFST.

ZZZ...

JAWOLL!! SCHON WIEDER EIN PASCH!

WIIIIE ...?!

TADAAA!

GRMBL ...

GRMBL ...

ICH BIN DUMM UND SCHWACH ...

VÖLLIG FEHL AM PLATZ...

GAR NICHTS...

ICH SCHAFF DAS NICHT...

... WÄRE ES VIELLEICHT GELUNGEN, DEBRANCY UND ECLIPSE ZU RETTEN.

MEINEM MEISTER...

EINE PEINLICHE GE-STALT...

MACH DIR KEINE VOR-WÜRFE!

IDIOTEN!

ALLE HABEN IHR LEBEN AUFS SPIEL GESETZT, UM DIR BEIZU-STEHEN!

MERKST DU NICHT, WIE DICH ALLE SCHÄTZEN?

BRUTZEL, BRUDER! BRUTZEL!

ÜBER DICH SELBST KANNST DU KEIN URTEIL FÄLLEN!

163

Nun...

Dann trink ich halt noch mal ordentlich...

NIMM DICH VOR UNABGE-KOCHTEM WASSER IN ACHT!

WIE DU MIR FEHLEN WIRST!

SUCK SUCK

SEIT FEI-LIA HATTE ICH KEINEN MENSCH-LICHEN SCHÜLER MEHR...

ACH, DA FÄLLT MIR WAS EIN!

ES GIBT SCHON EINIGE DURCHGE-DREHTE MENSCHEN ODER ELFEN WIE MICH, DIE DORT WOHNEN.

SO SCHLIMM IST ES BEI UNS GAR NICHT.

NIMM DAS HIER FÜR ROBIN MIT!

HIER!

168

DAS IST JA GURILEIN II!!

Shhh

SO EIN GLÜCK...

KA-SCHE...

DAS IST JA... FAST ZU SCHÖN, UM WAHR ZU SEIN...

ICH BIN SO FROH...

EIN WIRK-LICHES GLÜCK...

DIE KÖNNEN WAS ERLEBEN!

DIE SCHNAPPEN WIR UNS!

EIN MENSCH WAR AUCH DABEI!

SIND DAS AUCH KEINE GOBLINS?

DIE DIEBESBANDE VON ECHSENMÄNNERN!!

MUAHHAHAHAHAHAHAHA!

STEHEN BLEIBEN!

OJE...

Rote Rooosen...

SIEHT GANZ SO AUS, ALS WÜRDE ER DEM JUNGEN WIRKLICH WAS BEIBRINGEN WOLLEN.

HM!

DER MEISTER SCHEINT JA SEINEN SPASS ZU HABEN.

DER ÄRMS-TE...

WIRK-LICH...

DER JUNGE SCHEINT'S IHM AN-GETAN ZU HABEN.

Jigen! Goemon!*

LOS, SCHNELLER LAUFEN!

FÜR EUER ALTER SEID IHR GANZ SCHÖN LAHM!!

EGAL!

Und wer ist Jigen?

TUT MIR LEID!

ICH WAR JA SCHON FRÜHER EIN DIEB!

* Charaktere aus dem Anime »Lupin«

DU WIRST NICHT SO WERDEN WIE ECLIPSE.

MACH DIR KEINE SORGEN, KASCHE...

...

ICH WEISS DAS!

NEIN.

EINE VORAHNUNG?

...

DAS WEISS ICH GANZ GENAU.

UND VIELE ANDERE, DIE AN DEINER SEITE STEHEN, WISSEN DAS AUCH.

JEMANDEM WIE DIR WIRD NICHTS GESCHEHEN.

IN SAZAN WILL ICH MIR EINE ARBEIT SUCHEN, DAMIT ICH SELBST FÜR MEINEN LEBENSUNTER-HALT SORGEN KANN.

DIE HELDIN DIESER GESCHICHTE...

DA FÄLLT MIR EIN, BEI UNS IN DER MENSA DER SCHULE...

... SUCHEN SIE EINE KELLNERIN.

KASCHE ARBADEL, DIE BERÜHMTHEIT ERLANGEN WIRD FÜR DIE BEFREIUNG VON ORLANDORADO, FÜR DIE FRIEDENSVERHAND-LUNGEN ZWISCHEN SAZAN UND NORDISTAN UND FÜR DEN KAMPF DER DREI TAGE UND DREI NÄCHTE MIT DER KÖNIGLICHEN ARMEE DER FLIEGEN...

... ABER DAS
IST EINE ANDERE
GESCHICHTE.

THE
CHRONICLE
OF
SIX ELEMENTS
WORLD
KASCHE ARBADEL
THE BEAST TAMER

*THE
END*

NACHWORT ——————— *Sei Itoh*

Beim Zeichnen dieser Geschichte, wurden mir nur zwei Bedingungen gestellt:

Zunächst sollte es sich bei der Hauptfigur um einen Monster- und Dämonenbeschwörer handeln. Die Beschwörungen, die in dieser Welt vonstattengehen, entsprechen keinem Vertrag zwischen gleichberechtigten Partnern, dem Beschwörer und dem Monster, das mit seinen Techniken den Anweisungen folgt und im Gegenzug etwas dafür erhält. Es geht um eine andere Art von Kontrolle, die über den »wahren Namen« eines Wesens erfolgt. Man kann sagen, dass es eine ganz schön heftige und auch gewalttätige Beschwörungstechnik ist. Die »Welt der Sechs Tore« ist eine altertümliche Welt, geprägt von Sklaverei und Unterdrückung. Der Leser ist aber mit modernen Ideen aufgewachsen. Hätte ich also die Beschwörer als negative Figuren zeichnen müssen? Das war eine schwierige Entscheidung. Die Antwort hat mir der Charakter Kasche geliefert. Wie werden die Leser sie aufgefasst haben? Ich glaube, dass jeder anders fühlt – entsprechend seiner Sichtweise und der Art und Menge seiner Lebenserfahrung. Ich glaube auch, dass es kein ideales Verhältnis zwischen Beschwörer und Beschworenem geben kann. So habe ich Elemente aus dem wirklichen Leben und Metaphern eingesetzt, und zumindest was mich angeht, fühle ich mich durch eine noch junge und unerfahrene Beschwörerin wie Kasche bewegt.

Die zweite Bedingung lautete, dass die Geschichte in der Welt der Sechs Tore spielen sollte. In dieser Welt verfügen Engel und Dämonen über einen materiellen Körper. »Heilig« oder »dämonisch« sind hier blosse Attribute. Und so ist es in dieser Geschichte vom religiösen Standpunkt her eine Sünde, von einem Dämon besessen zu sein, für den Magier ist es jedoch ein natürlicher Zustand. So müsste zwischen Religion und Magie ein Konflikt auf Grundlage des Gegensatzes von Werten und Vernunft herrschen. Dass sie trotzdem nebeneinander existieren können, liegt daran, dass die Legenden dieser Welt auf Tatsachen beruhen. Doch wo es die Mondphasen gibt, gibt es auch die Gezeiten der Gewässer. Jahreszeit folgt auf Jahreszeit. Um ehrlich zu sein, passen die Ansichten dieser Welt mit meinen Vorstellungen nur schwer zusammen. Trotzdem wollte ich beiden Seiten eine wichtige Rolle zukommen lassen – auf meine Art. Und so bin ich, ganz allein wegen meiner Vorstellungen und meines Verständnisses, dazu gekommen, die Geschichte in einer Zeit spielen zu lassen, in der die Erde noch eine Scheibe war. Doch vielleicht erscheint eines Tages auch in dieser Welt ein Kopernikus, ein Galileo oder ein Darwin – daran denke ich jedenfalls. Dann könnte auch sie ihre Form verändern. Duran veränderte als Einzelner die Form seiner Welt. Vielleicht konnte er aus diesem Grund hier nicht länger existieren. Im Gegensatz dazu hat Kasche Kenntnis von der Welt der Wölfe, in der man zigmal besser riechen kann, oder von der Welt der Fledermäuse, in der man mit Ultraschall navigiert.

Sie erlebt die Sehstärke eines Griffons oder seinen Gleichgewichtssinn, wenn es am Himmel fliegt. Und so gewinnt sie auch einen Einblick in die Welt des Heiligen und in die Welt des Dämonischen. Auch ihre eigene Welt breitet sich in ihr immer weiter aus. Gerade deshalb studiert sie die Kunst der Monster- und Dämonenbeschwörung. Wird sie denselben Weg gehen müssen wie Duran? Ich glaube nicht. Menschen kommen miteinander in Kontakt, was aber nicht heisst, dass sich ihre Lebenswege überlappen. Jeder lebt in seiner eigenen Welt.

Ein paar Worte zu mir:
Während der Arbeit an diesem Werk ist wirklich allerhand passiert. ich erlebte im wahrsten Sinne des Wortes einen Kampf auf Leben und Tod – es waren drei Verwandte von mir, die einen solchen Kampf zu überstehen hatten. Auf geradezu magische Weise ergaben sich Parallelen zwischen meiner Wirklichkeit und den von mir gezeichneten Geschichten. Besonders hier bei diesem 6. Band hatte ich keine Kontrolle über das Ausmass, wie sich meine Lebenswirklichkeit auch im Manga niederschlug. Viele meiner anderen Werke waren oft durchgedreht und blödsinnig, aber hier geht alles etwas ernster zu. ich hatte das Gefühl, ich müsse mich durch meine Arbeit selbst wieder aufrichten. Und jetzt, da die Arbeit getan ist, würde ich mich freuen, wenn der Manga auch anderen wieder neuen Mut macht. ich bin froh, dass ich die Geschichte zu einem Ende gebracht habe. Es war nicht immer leicht, aber im Endeffekt bin ich recht zufrieden mit dem Ergebnis.

Zuletzt möchte ich allen Beteiligten meinen Dank aussprechen:
Als Erstes möchte ich meiner ersten Redakteurin Kaneko, die mir auch den Weg zu diesem Beruf bereitet hat, danken. Nastaschas Worte, dass sie wisse, dass bei Kasche alles gut gehen würde, sind in Wahrheit die Worte meiner Redakteurin. Manchmal habe ich sie in ihrer Art nicht verstanden, doch oft war es gerade diese Art, die mir half, mich wieder zusammenzureissen. ich danke meiner zweiten Redakteurin Oikawa, die sich immer um mich gekümmert und mich unterstützt hat, auch wenn es mal nicht so gut lief, und so meiner Abreit zum Erfolg verholfen hat. ich danke auch Komatsu, meinem dritten Redakteur. Dann danke ich Herrn Ogasawara von der Fujimi-Game-Company, der immer ein offenes Ohr für mich hatte. Und ich danke Hitoshi Yasuda von der Group SNE, der stets meine Arbeit verstand, sie akzeptierte und unterstützte. Mein grösster Dank gilt jedoch allen meinen Lesern, die meinem Manga treu geblieben sind.

NACHWORT

Hitoshi Yasuda

Kasche, Cuervo und Nastascha! Gute Arbeit! Ach ja, der alte Shin Men war natürlich auch nicht schlecht.

Kaum zu glauben, aber all das ist nun schon dreieinhalb Jahre her. itoh-san hat sich wirklich angestrengt und meine Vorlage hervorragend umgesetzt. Zunächst erschienen mir Kasche und Sankt Ricol fast wie Zwillinge, dann wieder wie Gegenpole. ich hatte meine Freude daran, Wie sie sich entwickelt, und wie sie sich sogar Ricols Erzfeindes Curse Elemental als Curselein bediente! ich dachte bei mir, dass aus so einem Mädchen einst eine grosse Magierin werden müsste, und war richtig froh, dass auf diese Zukunft im letzten Kapitel eingegangen wird. Meine Vorahnung hat mich also nicht getäuscht.

Vergessen wir Ricol mal für einen Moment. Für unsere grosse Geschichte scheint mir ein Titel wie »Die Legende von der heiligen Kasche Arbadel« nicht ganz angemessen, aber zu Kasche passt es irgendwie schon. Bestimmt wird man sich bis in alle Ewigkeit von der Beschwörerin erzählen, die sich mit Dämonen anfreundete.

Natürlich gefallen mir auch die anderen Charaktere – besonders Duran und der Engel sind wirklich tiefgründig. Worüber ich mich aber besonders gefreut habe, war, dass die Welt der Sechs Tore als wirkliche Welt in der Geschichte eine Rolle spielte: Angefangen mit der heiligen Stadt Sazan, dann Wallace – die Stadt der tausend Kanäle – und später das westliche Inlandmeer. Mit welch gutem Timing die Orte und Charaktere eingeführt werden! Der Manga ist für mich Fantasy in Reinkultur! Am Anfang haben wir noch oft zusammen über den inhalt gesprochen, aber seit den Kapiteln in Wallace habe ich nur noch gemeint, itoh-san solle vor allem seine Geschichte auf interessante Weise erzählen.

Das Kartenspiel hat viele verschiedene Karten, doch im Gegensatz zu Rollenspielen gibt es noch keine allzu detaillierten Regeln. Da bleibt viel Raum für eigene Kreativität.

Bestimmt gibt es noch viel mehr, was noch zu zeichnen wäre. Und bestimmt gibt es viele Leser, die noch weitere Abenteuer von Kasche und Cuervo lesen möchten.

Itoh-san, wenn sich die Gelegenheit ergibt, würde ich mich über weitere Manga aus der Welt der Sechs Tore freuen.

MONSTER
COLLECTION
THE COMIC

Carlsen Manga! News
Aktuelle Infos abonnieren unter
www.carlsenmanga.de

CARLSEN MANGA
Deutsche Ausgabe/German Edition 1 2 3 4 12 11 10 09
© Carlsen Verlag GmbH • Hamburg 2009
Aus dem Japanischen von Till Weingärtner
MONSTER COLLECTION volume 6
© 2002 GROUP SNE / FUJIMISHOBO
© 2002 SEI ITOH – HITOSHI YASUDA / GROUP SNE
First published in Japan in 2002 by FUJIMISHOBO CO., LTD., Tokyo.
German translation rights arranged with KADOKAWA SHOTEN Publishing Co.,Ltd.,Tokyo,
through TOHAN CORPORATION, Tokyo.
Redaktion: Jonas Blaumann
Textbearbeitung: Marcel Le Comte
Lettering: Gross & Dinter
Herstellung: Björn Liebchen
Druck und Bindung: CPI – Ebner & Spiegel, Ulm
Alle deutschen Rechte vorbehalten
ISBN: 978-3-551-75586-5
Printed in Germany